La
Nouvelle Académie
de Médecine

25 Novembre 1902

PAR

E. DE LAVARENNE

PARIS

LA PRESSE MÉDICALE

C. NAUD, Éditeur

3, RUE RACINE, 3

1902

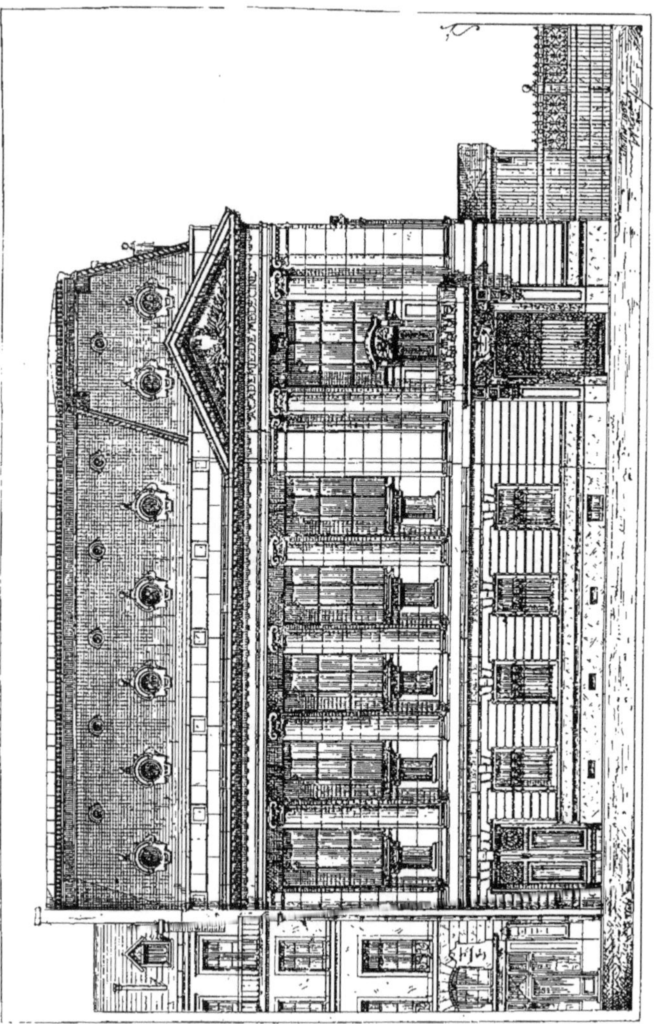

Façade de la Nouvelle Académie sur la rue Bonaparte.

La
Nouvelle Académie
de Médecine

25 Novembre 1902

PAR

E. DE LAVARENNE

PARIS

LA PRESSE MÉDICALE

C. NAUD, ÉDITEUR

3, RUE RACINE, 3

1902

LA
NOUVELLE ACADÉMIE
DE MÉDEÇINE

25 Novembre 1902

Le 25 Novembre 1902 fera date dans l'histoire de l'Académie de médecine : c'est à ce jour seulement que cette Assemblée a pu s'installer dans un véritable monument digne de sa valeur scientifique et de sa haute renommée. Elle avait attendu plus de quatre-vingts ans.

C'est, en effet, par une ordonnance du 20 Décembre 1820, promulguée le 14 Janvier 1821, que Louis XVIII créa l'Académie royale de médecine. Les considérants de cette ordonnance expriment clairement quel devait

----

Article paru dans *La Presse Médicale*, n° 95, 26 Novembre 1902.

être le rôle de l'Académie ; ce rôle, elle l'a joué fidèlement depuis cette époque ; aussi est-il bon de rappeler, en ce jour solennel, en quels termes l'autorité royale l'avait défini :

Louis, par la grâce de Dieu, Roi de France et de Navarre, à tous ceux qui ces présentes verront, salut :

« Notre intention étant de donner le plus tôt possible des règlements propres à perfectionner l'enseignement de l'art de guérir et à faire cesser les abus qui ont pu s'introduire dans l'exercice de ses différentes branches, nous avons pensé qu'un des meilleurs moyens de préparer ce double bienfait était de créer une Académie spécialement chargée de travailler au perfectionnement de la science médicale et d'accorder à cette Académie une protection particulière. Nous nous sommes d'ailleurs rappelé les services éminents qu'ont rendu, sous le règne de nos prédécesseurs, la Société royale de médecine et l'Académie royale de chirurgie, et nous avons voulu en faire revivre le souvenir et l'utilité en rétablissant ces Compagnies célèbres sous une forme plus appropriée à l'état actuel de l'enseignement et des lumières. »

A ces causes, nous avons ordonné et ordonnons ce qui suit ;

Art. I. — Il sera établi, à Paris, pour tout notre royaume, une Académie royale de médecine.

L'Académie était instituée spécialement pour répondre aux demandes que pourrait lui adresser le Gouvernement sur tout ce qui intéresse la santé publique et principalement sur les épidémies, les maladies particulières à certains pays, les épizooties, les différents cas de médecine légale, la propagation de la vaccine, l'examen des remèdes nouveaux et des remèdes secrets, les eaux minérales naturelles ou artificielles.

Rien n'a été changé dans ces attributions depuis lors, et les comptes rendus et rapports accumulés depuis sa fondation sont là pour prouver avec quel zèle et quelle compétence l'Académie s'est acquittée de la tâche qui lui incombait ; aussi bien aujourd'hui pourrait-on répéter ces mots imprimés en 1846 dans le premier volume de l'*Annuaire des Sociétés savantes de la France et de l'étranger*, dont Louis-Philippe venait d'ordonner la confection à la demande de M. de Salvandy, ministre de l'Instruction publique : « Quand on parcourt le tableau de tout ce que cette savante

Compagnie a fait depuis son origine, on ne peut que reconnaître qu'elle n'a ni méconnu sa mission ni trompé les espérances de son fondateur. »

L'Académie, outre son rôle consultatif vis-à-vis des Pouvoirs publics, devait s'occuper « de tous les objets d'étude et de recherches qui peuvent contribuer aux progrès des différentes branches de l'art de guérir ». Depuis sa fondation, il n'est aucun fait important dans les sciences biologiques qui n'ait été soumis à ses jugements.

L'Académie devait enfin continuer l'œuvre de la Société royale de médecine et de l'Académie royale de chirurgie ; elle devait reprendre les travaux de ces Sociétés dispersées en 1793 par la tourmente révolutionnaire, et cela, en s'occupant, à leur exemple, de tout ce qui peut contribuer au perfectionnement des sciences médicales. Cette tradition, elle n'a pas cessé de la suivre ; et c'est pour en perpétuer l'inspiration, sans doute, que la tribune de la salle des séances du nouveau palais académique a été mise sous le vocable de l'*Académie royale de chirurgie* 1731, de la *Société royale de médecine* 1778 ; à côté sont inscrites la *Commission royale de médecine pour l'examen des remèdes particuliers et des Eaux minérales* 1772 et la *Commission royale des épidémies et des épizooties* 1776, dont les attributions devaient passer peu après leur formation, en 1778, à la Société royale ; on y a joint aussi le *Comité central de la vaccination* 1809, dont les importantes fonctions étaient dévolues à l'Académie.

L'ordonnance de 1820 avait divisé l'Académie en trois sections : de médecine, de chirurgie et de pharmacie et l'avait composée de membres honoraires, titulaires, associés et adjoints résidents et correspondants. Pour la première formation le roi s'était réservé de nommer une partie des membres ; par la suite chaque section devait nommer ses membres honoraires, titulaires et associés ; les adjoints étaient élus par toutes les sections.

L'assemblée devait se réunir en corps tous les trois mois et par section deux fois par mois. Chaque section avait son bureau ; le bureau général était composé d'un président d'honneur, d'un président temporaire, d'un secrétaire et d'un trésorier ; enfin, il y avait un conseil d'administration dont faisait partie de droit le doyen de la Faculté de médecine. Tout cet état-major était nécessaire, étant donné le nombre des académiciens : 60 honoraires, 85 titulaires, 150 associés dont 20 résidant à Paris, 30 à l'étranger et 100 en province, 85 adjoints et résidant, autant que de titulaires, et un chiffre indéterminé d'adjoints correspondants.

Au bas mot il y avait donc 250 membres de l'Académie résidant à Paris, sans compter ceux de l'étranger ou de la province pouvant assister aux séances ; et cependant aucune mesure n'avait été prise relativement au lieu de réunion d'une aussi nombreuse assemblée.

***

La première séance solennelle se tint à la Faculté de médecine. Portal en fut le président. Ainsi était reprise la tradition de l'ancienne Société royale de médecine et des Commissions royales, que présidait de droit le premier médecin du roi, conseiller d'État. Portal était premier médecin du roi Louis XVIII ; son nom est en tête des présidents de l'académie ; il en fut le premier bienfaiteur ; on pourra juger de la fine expression de son visage sur le buste qui orne la salle des Pas-perdus.

Sous l'ancien régime la Société royale de médecine, l'Académie de chirurgie se réunissaient au Louvre, à jour dit : la preuve en est dans le libellé suivant que j'ai relevé sur la Déclaration royale, constituant le 25 Avril 1772 la *Commission royale de médecine* : « Les assemblées ordinaires se tiennent au vieux Louvre, appartement de l'Infante, le premier lundi du mois à 4 heures de re-levée ». La Restauration, reprenant la tradi-tion de l'ancien régime, devait recevoir au Louvre la nouvelle Académie ; le ministre de l'Intérieur écrivit même à ce propos qu'elle se réunirait à la Faculté « jusqu'à ce qu'on ait pu lui affecter au Louvre les appartements qui lui seraient nécessaires ». En fait, les séances générales se tinrent au Louvre jus-qu'en 1823 ; mais le local spécialement amé-nagé n'était toujours pas livré.

Le savant bibliothécaire de l'Académie, M. Dureau, nous a spirituellement conté dans la « Chronique médicale » de 1895, les pérégrinations que commencèrent alors les académiciens à la recherche d'un local et qui viennent seulement aujourd'hui, en 1902, de définitivement aboutir.

« Le bureau ne manquait pas, lors de ses visites, deux fois par an, tant chez le roi que chez le ministre, de réclamer le local promis, et roi et ministre n'omettaient pas non plus de promettre chaque fois le susdit local. Académiciens et fonctionnaires ministériels se promenèrent par ordre dans diverses parties de la ville. Ainsi l'on visita un hôtel de la place Royale, ancienne demeure de Marion Delorme, *proh pudor !* l'hôtel des bains de la rue du Temple, qui avait eu la Dubarry pour cliente ; une maison de la rue des Blancs-Manteaux, c'est-à-dire l'hôtel du marquis de La Grange, devenu le Mont-de-Piété ; on essaya même de loger la savante compagnie dans les Écuries du roi, mais la place manquait. » Un maire de Paris, celui de Charonne, offrit sa maison. Enfin, l'Académie s'installa, le 21 janvier 1824, dans un hôtel particulier qui était situé au n° 25 de la rue de Poitiers.

* *
*

Dans cet hôtel de la rue de Poitiers les académiciens devaient se trouver fort à l'étroit, bien qu'une ordonnance de Charles X en 1829 eût réduit leur nombre.

Par cette ordonnance, dont les dispositions sont formulées dans un règlement du 3 Juillet 1830, l'Académie était divisée en 11 sections, comprenant 60 titulaires, 40 adjoints, 40 associés non résidents, 20 associés étrangers et 10 associés libres. Pour rentrer dans ces limites, on ne fit plus qu'une nomination pour trois extinctions; mais après quinze ans, en 1846, le nombre normal n'était pas encore atteint et au lieu de 110 membres réglementaires, y compris les 10 membres libres, il y en avait encore 149 ; certaines sections, comme celle de Pathologie médicale, comprenaient encore 10 membres de trop : c'est dire l'acharnement avec lequel on devait, à cette époque, s'attacher aux élections.

Le règlement de 1829, à part quelques modifications de détail sur le classement des membres résidents faites sous Louis-Philippe en 1835, est encore en vigueur dans ses grandes lignes. L'Académie se compose de 11 sections : anatomie et physiologie, 10 membres ; pathologie médicale, 13 ; pathologie chirurgicale, 10 ; thérapeutique et histoire naturelle, 10 ; médecine opératoire, 7 ; anatomie pathologique, 7 ; accouchements, 7 ; hygiène publique, médecine légale et police médicale, 10 ; médecine vétérinaire, 6 ; physique et chimie médicales, 10 ; pharmacie, 10 ; associés libres, 10. Elle comprend, en outre, des associés nationaux, 20, et étrangers, 20, des correspondants nationaux, 100, et des correspondants étrangers, 25, divisés en quatre sections. Depuis 1833, les membres titulaires et associés libres ont le droit de porter dans les cérémonies officielles, un costume spécial : habit noir à la française avec broderies violettes, chapeau demi-claque, épée à poignée d'or.

*
* *

L'Académie était à peu près en nombre réglementaire lorsque, son bail étant terminé, elle dut déménager de la rue de Poitiers : c'était au commencement de 1850. Elle se trouvait donc encore sans domicile et forcée, depuis quelques mois, de tenir ses réunions à la Faculté de médecine, lorsque le ministre de l'Intérieur lui offrit de l'installer dans un local dépendant de l'Assistance publique, qui n'était autre que l'ancienne chapelle de l'hôpital de la Charité.

Cette chapelle, lors de la Révolution, avait été enlevée au culte. En l'an IX, le premier consul l'affecta à la clinique de Corvisart : c'est alors que la façade existant encore fut édifiée. En 1823, lors du licenciement de la Faculté de médecine, la clinique fut fermée et l'ancienne chapelle revint à l'administration des Hospices. Enfin, elle allait être rendue au culte par Louis-Philippe, quand la révolution de Février éclata. Le Gouvernement de la République l'affecta à l'Académie qui s'y installa le 9 septembre 1850, moyennant une redevance annuelle de 5.000 francs.

Malgré les travaux d'aménagement, ce local, dès le premier jour, fut reconnu comme défectueux et absolument insuffisant ; chaque année, lors des visites officielles, le bureau

de l'Académie ne manquait pas d'en exprimer
ses doléances aux Pouvoirs publics : il devait
en être ainsi pendant cinquante-deux ans. Il
y avait bien eu quelque espoir d'une solution
sous l'Empire ; ainsi le ministre Duruy, en
1863, assistant à la séance annuelle, prit la
parole pour dire combien le local de la rue
des Saints-Pères était indigne de l'Académie,
et promit d'intéresser l'Empereur à la question ; mais, ce fut sans résultat. Quelques
années plus tard, Ricord annonçait que l'Empereur avait donné des ordres : ceux-ci res-
tèrent sans doute dans les bureaux de quelque ministère, car on n'en entendit jamais
parler.

Arrive la République de 1870 ; dès 1875
on recommence à s'occuper de la question du
logement de l'Académie. Le ministère lui
propose certains locaux que visitent alors le
président Devergie, accompagné du secrétaire perpétuel Béclard et du bibliothécaire
Dureau : les ruines de la cour des Comptes
où l'on eût édifié un grand palais des Sociétés
savantes ; l'ancien poste-caserne de l'Assom-
ption ; un hôtel sis au coin des rues des Saints-
Pères et de Lille où devait se construire bien-

tôt l'Ecole des langues. Mais, nulle part, on ne put arriver à une entente de réinstallation.

Entre temps, des projets étaient dressés par les architectes Diet, membre de l'Institut, et Rochet; l'un de ces projets fut même approuvé par le Gouvernement et sur le point d'être exécuté. L'Académie devait s'élever sur des terrains cédés par l'État, avenue de l'Observatoire, mais, pendant les formalités administratives nécessaires, sur cet emplacement s'élevaient les laboratoires de la Faculté des sciences, provisoires pendant la construction de la Sorbonne. D'ailleurs les académiciens trouvaient le quartier de l'Observatoire trop éloigné du centre de Paris et préféraient un autre quartier.

Un projet d'utilisation des bâtiments de la rue des Saints-Pères avec constructions annexes sur le boulevard Saint-Germain n'ayant pas abouti, l'Académie se décida enfin pour un emplacement situé rue Bonaparte, occupé alors par une succursale désaffectée du Mont-de-Piété, en mitoyenneté avec l'école des Beaux-arts, et qui lui était proposé par la Ville.

Un projet, établi par M. Rochet, fut

approuvé le 2 Août 1898 ; les travaux commencèrent le 25 Avril 1899 ; ils sont terminés aujourd'hui.

Le 25 Novembre 1902, après quatre-vingt-deux ans d'attente, l'Académie de médecine prend enfin possession d'un monument digne d'elle, digne des services qu'elle rend à l'État et à la science.

* *

Il n'a fallu que trois ans à l'architecte, M. Rochet, pour mettre sur pied un véritable monument qui répond à tous les desiderata formulés ; et cela sans dépasser les crédits de 963.000 francs qui lui étaient alloués par l'Etat et par l'Académie. Le problème était cependant des plus complexes.

D'abord le terrain était peu favorable pour la construction de l'édifice, étant donné que l'on ne pouvait faire aucune ouverture sur la cour de l'École des Beaux-Arts ; ensuite les services à installer étaient nombreux et variés, en raison des attributions multiples de l'Académie et des travaux qui en résultent.

L'Académie est un *corps savant* constitué avec un bureau et un conseil d'administration. Il fallait donc une salle de séances pouvant contenir tous les académiciens et le public admis à assister à leurs réunions ; il fallait des salles particulières pour les membres du bureau et les réunions du conseil. Comme corps savant l'Académie a hérité des anciennes Académies de chirurgie et de la Société royale de médecine de précieux documents qui s'augmentent et s'enrichissent chaque jour de nouvelles collections ; ses archives sont considérables, et actuellement plus de 150.000 volumes constituent sa bibliothèque ; il fallait des locaux appropriés, à l'abri des incendies et accidents qui étaient une menace perpétuelle dans l'ancien local.

D'autre part, l'Académie est un *corps consultatif* des Pouvoirs publics, qui se constitue fréquemment en des commissions spéciales pour lesquelles plusieurs salles de réunion sont nécessaires ; elle est fréquemment appelée à donner des avis scientifiques sur les médicaments, les sérums, les eaux minérales, et, pour cela, des laboratoires sont indispensables. Enfin, l'Académie a un rôle prépondérant dans la conservation et la diffusion de la vaccine ; par tradition, une sorte d'Institut vaccinal devait lui être annexé.

Sans exagération on peut dire que M. Rochet a parfaitement résolu le problème. Il a fait une œuvre architecturale très artistique dans sa sobriété ; les aménagements sont des plus pratiques et absolument hygiéniques, ce qui était capital pour une Académie de médecine ; c'est, en somme, une œuvre de maître et je suis étonné que dans la cérémonie officielle d'installation une mention élogieuse n'en ait pas été faite.

*
* *

Je n'ai pas à entrer dans les détails de construction du monument ; j'en signalerai seulement les grandes lignes.

La façade est de style classique agrémentée de sculptures de circonstances empruntées à la flore médicinale.

La porte d'entrée, grille en fer forgé, donne accès dans un vestibule orné de bustes d'académiciens, des statues monumentales de Larrey et de Desgenettes ; sur la paroi droite de

La salle des Pas Perdus.

la muraille est une plaque portant gravés les noms des bienfaiteurs de l'Académie.

Le rez-de-chaussée comprend le palier du grand escalier, lequel est de belle allure, avec sa rampe de fer forgé ; l'ascenseur ; le vestiaire des académiciens dont l'aménagement mérite une mention spéciale ; la salle d'attente pour le public qui vient se faire vacciner, et le cabinet du médecin chef de la vaccine ; les laboratoires de bactériologie communiquant en sous-sol avec les laboratoires de chimie ; des magasins pour les archives ; les bureaux ; tout est construit en matériaux permettant le nettoyage et le lavage très faciles.

Le premier étage comprend : en arrivant sur le palier, et donnant sur la rue Bonaparte, la salle de lecture de la Bibliothèque ; puis en face et perpendiculairement la vaste et belle salle des Pas-Perdus que l'on pourrait appeler la galerie des bustes, avec, sous le grand tableau de Pinel enlevant les fers aux aliénées, les noms des présidents successifs de l'Académie.

Une très belle porte donne accès à la salle des séances, salle en forme de demi-cercle, contenant 110 fauteuils avec leur pupître ;

une galerie circulaire pour le public est éle-
vée à trois mètres au-dessus du plancher ;
une partie en est spécialement aménagée
pour la presse qui a son bureau spécial avoi-
sinant. Cette salle, d'un style empire moder-
nisé, est du plus gracieux effet ; elle est aménagée avec autant de goût que de sobriété. Elle
est spacieuse, élégante et commode, très bien
éclairée par un plafond vitré devenant lumi-
neux et par de belles torchères. Le chauffage
en hiver, la ventilation en été, l'aération ont
été rigoureusement installées.

Près de la salle des séances et sur un cou-
loir la longeant, donnent la salle du Conseil,
le cabinet du secrétaire perpétuel, une salle
de conversation, un cabinet pour les malades
présentés à l'Académie : toutes ces pièces
ont vue sur la cour.

Sur toute la longueur de la façade de la
rue Bonaparte et au-dessus des bureaux se
trouvent le cabinet du bibliothécaire, un petit
musée pour les instruments ; le dépôt des
livres s'élevant sur quatre étages. Au-dessus,
dans la hauteur de la toiture, est une grande
salle pour les archives.

Enfin, au deuxième étage sur la cour sont

La salle des séances.

installées trois salles de Commissions et un
cabinet pour le trésorier. Au troisième étage
est l'appartement du bibliothécaire; et au
quatrième les logements d'employés.

Derrière le grand bâtiment est ménagée
une cour où ont été construites les étables du
service de la vaccine pouvant contenir douze
génisses, et les trois laboratoires nécessaires
à la récolte du vaccin et à son expédition
dans les départements.

Tous les services sont faits par trois esca-
liers et un grand corridor de dégagement
ayant accès sur la rue Bonaparte. Pour tous
les services sont disposés cabinets de toilette
et water-closets hygiéniques. Le sol est établi
partout en matériaux lavables. Le chauffage
général est produit par la vapeur à basse
pression, et dans les pièces particulières par
des cheminées qui assurent en même temps
la ventilation; l'éclairage est électrique; le
gaz alimente les laboratoires.

Tel est, dans les grandes lignes, le monument de l'Académie de médecine. On peut
dire qu'en s'y installant, les académiciens,
pour longtemps qu'ils aient attendu, seront
largement dédommagés de leur attente.

Étant donné la haute situation scientifique de l'Académie de médecine et le côté important qu'elle joue auprès des Pouvoirs publics, une cérémonie officielle commémorative de la nouvelle installation s'imposait.

Pour manifester hautement en quelle estime est tenue l'Académie, le Président de la République a voulu présider lui-même cette cérémonie, accompagné du ministre de l'Instruction publique.

La séance solennelle s'est donc ouverte à 3 heures, en présence d'une assistance des plus choisies, égayée de la présence de nombreuses dames, femmes et parentes d'académiciens. On remarquait la présence de MM. Bourgeois, président de la Chambre, sous le ministère duquel les formalités dernières pour l'édification de l'Académie ont été réglées ; Charles Dupuy ; Liard, vice-recteur ; de Selves, Roujon, Lucipia, Mesureur, etc.

Le président annuel de l'Académie, M. Riche, a passé rapidement en revue l'histoire de

l'Académie, à propos de laquelle en termes
émus il a donné un dernier souvenir à Bergeron, le regretté secrétaire perpétuel qui a
tant fait pour la savante Société, et que tout

M. Riche, président.

le monde regrette de ne pas voir aujour-
d'hui.

M. Riche expose toute l'importance des
travaux de l'Académie et montre combien
plus importants encore ils seront avec les
applications de la nouvelle loi sanitaire. Il
passe en revue successivement les travaux des

grandes commissions : celle qui a inspiré la lutte contre les maladies exotiques, à propos desquelles il fait en passant l'éloge de Laveran ; la commission de la tuberculose dont le rapport par Grancher a été le point de départ de mesures administratives dont une circulaire récente du ministre de l'Instruction publique est un type parfait ; la commission de l'alcoolisme où Bergeron prit une si grande part et qui est saisie en ce moment même par le ministre de l'Intérieur de la grosse question des liqueurs à essences ; la commission de la mortalité des nourrissons inspirée par le grand philanthrope Théophile Roussel, d'où est née la fameuse loi Roussel sur l'enfance. Malgré les services que rend cette commission, elle n'a que 2.000 francs de subvention du Gouvernement ; aussi a-t-elle été obligée d'affecter un de ses prix de 1.000 francs à l'impression de circulaires qu'elle répand à profusion.

Malgré les difficultés matérielles dans lesquelles s'est continuellement débattu l'Académie, elle n'en a pas moins fait une grande œuvre ; elle a toujours marché avec son temps, elle l'a souvent devancé. Elle prend aujourd'hui

possession d'une résidence digne de la France;
sa tâche en sera facilitée, et plus que jamais
elle se souviendra de cette parole de Des-
cartes : « C'est à la Médecine qu'il faut
demander la solution des problèmes qui inté-

M. Jaccoud, secrétaire perpétuel.

ressent le bonheur et la grandeur de l'humanité. »

Le secrétaire perpétuel, M. Jaccoud, prend
ensuite la parole et s'exprime dans ce langage
impeccable qui lui est familier.

C'est en termes exquis qu'il a spirituellement rappelé toutes les démarches faites

pour l'installation de l'Académie, toutes les bonnes paroles, toutes les promesses données qui tombaient fatalement devant les objections budgétaires.

Il montre toutes les bonnes volontés académiques se groupant après le don de Demarquay et arrivant enfin à intéresser l'État qui jusqu'alors n'avait jamais donné d'appui réel, malgré les services que lui rend l'Académie.

Il arrive à la convention définitive intervenant entre l'État et l'Académie grâce aux directeurs Charmes et Liard, grâce au ministre Bourgeois devant lequel tous les obstacles tombèrent.

M. Jaccoud invoque ensuite le passé comme garant de l'avenir, de cet avenir que le présent assure. Dans une période de haute éloquence il expose l'œuvre grandiose de l'Académie : la lutte contre la peste, la malaria, la tuberculose; les travaux sur la malléine, la tuberculine, l'actinomycose; la mise au point de l'appendicite; les audaces de la chirurgie; la lutte contre l'alcoolisme, la variole; la défense de l'Europe contre les maladies exotiques; la révolution apportée dans les soins à donner aux enfants du premier âge.

Il montre la marche en avant de l'Académie impossible à arrêter, éclairée par le flambeau qui ne peut jamais s'éteindre.

M. Jaccoud termine en affirmant que la parfaite continuité de l'œuvre confère une éternelle jeunesse aux forces productrices de l'Académie.

Ce discours a vivement impressionné l'auditoire; les paroles de l'orateur ont été couvertes d'applaudissements.

Le ministre de l'Instruction publique Chaumié est venu à son tour faire un adieu à l'ancienne salle de l'Académie où tant de maîtres illustres ont apporté leur savoir et leur dévouement. Il inaugure la nouvelle Académie avec la certitude que les traditions de la savante assemblée s'y perpétueront pour le grand profit de la science et de l'humanité.

Le président de la République clôture la cérémonie en remettant au secrétaire perpétuel Jaccoud la croix de Commandeur de la Légion d'honneur.

Paris. — L. Maretheux, imp., 1, rue Cassette — 3576.